AF142408

Sans Queue ni Tête

Tome 1

**Est le premier d'une collection,
toujours en cours d'écriture**

TABLE DES TEXTES Page

DEPART VERS L'OURS

Douze heure vingt-neuf.

La Chenille aux lignes de fer est ponctuelle.

Première semaine avec les nouveaux horaires proposés par mes employeurs.

Je ne travaille plus le vendredi après-midi et, à la place, je travaille le mercredi après-midi.
Sympa, j'ai pu partir une demi-journée plus tôt et cela nous permet, à mon Ours, ou plutôt, mon Nours d'Amour et à moi-même, de vivre d'une façon plus sereine une vie de couple, ou du moins de s'en approcher d'ici que ...

Le temps est couvert, sans pluie.

Alors que j'arrive à la Station, cherchant mon distributeur de passagers, une toute jeune fille est interpellée par la police : elle n'avait pas payé son billet pour la Chenille.
Une voyageuse prend sa défense et fait part de son indignation.
Elle est seule face à trois contrôleurs et quatre agents de la sécurité ferroviaire, tous armés.

Démesure ?

Monde étrange ?

Treize heures cinquante neuf.

Ca y est !
Je suis dans la Chenille, à ma place.
On est vraiment bien installé dans les anneaux de première classe.
La voiture n'est pas remplie.

La majorité des personnes sont seules, isolées sur, ou par, des écrans d'ordinateur ou de tablettes alors que nous sommes tous ensemble.

Monde étrange.

Une jeune femme s'est installée sur ma droite, de l'autre côté du couloir.
Elle regarde un film et, de temps à autre, elle esquisse un sourire.
Elle est peut être étudiante dans cette ville où elle est montée en même temps que moi.
Peut être prend-elle la Chenille tous les weekends pour retrouver son petit ami.

Le trajet n'est pas long, mais à le faire tous les weekends, elle finit par s'ennuyer.

Elle a opté pour une tablette légère avec disque dur amovible.
Élise lui irait bien.

Élise donc, regarde un film ; une histoire sans prétention mais distrayante.

Marc, son petit ami, l'a demandée en mariage la semaine dernière.
Élise repense souvent à ce moment.
Elle est heureuse et un sourire se trace sur ses lèvres lorsqu'elle regarde la jolie bague à son annulaire gauche.

Ils aimeraient faire le mariage l'été prochain, le 08 aout exactement.
« Cela nous laisse un peu de temps pour nous organiser » pense-t-elle en essayant de se rassurer.

Jacques est assis un peu plus loin.
Quarante-huit ans, cheveux blonds, écharpe bigarrée autour du cou.
Il s'active car il descend au prochain arrêt, et nous y arrivons.

Une jeune femme vient de s'assoir à côté de moi.
Elle sent la frite à plein nez !

Bon, la fin du voyage sera sans doute un peu moins agréable, mais ... dans quarante-cinq minutes je retrouverai mon Nours, et ce ne sera que du Bonheur.

Quand même, un petit parfum, quelque chose d'autre que l'odeur de friture aurait été bienvenu !

Ma voisine sort un en-cas pour se caler l'estomac.
Elle tapote sur son ordinateur portable.

Élise sourit en regardant son film, bras croisés.
Elle est vêtue d'une petite robe bleue marine, une petite veste en lainage, violette, d'un joli collant en dentelle noire et chaussures de sport légères, à la mode, toutes brillantes.
Ses longs cheveux châtains foncés ont été réunis en une queue de cheval et elle porte des lunettes de vue.

Tous sur leurs écrans !

A mon arrivée, alors que je sors de l'anneau, nul n'a échangé avec quiconque.

Mondes étranges, mondes vrais, où sont les frontières ?

A LA DECOUVERTE DE L'OURS DES CEVENNES
qui vit seul dans sa grotte
Partie 1

La Chenille aux lignes de fer venant du Nord a cinq minutes de retard.
Elle est bondée.

Une fois dans l'anneau, j'ai trouvé une place assise près d'un homme à queue de cheval.
Il est assoupi.

J'installe ma valise sous mes pieds.
Le voyage s'annonce ... long jusqu'à la prochaine Station.

Un autre dort, un peu plus loin, côté couloir.
Sa compagne lui caresse doucement le front.
Moment d'intimité, rien qu'à eux, et pourtant partagé par nombre de voyageurs pas assez fatigués.

Beaucoup ont leur Smartphone allumé ; moyen moderne mis à notre disposition pour s'occuper, ou, comme nous, rester en contact.
C'est beau la magie des ondes et des gigas !

Parfois des effluves de parfum viennent jusqu'à moi.
J'aimerais que ce soit le tien...

A ma droite, deux jeunes femmes.
L'une d'elles est endormie alors que sa tablette lui fait gentiment, docilement, défiler un film.
Ah, le film vient de s'arrêter.

Ecriture plus que passable : la faute à la Chenille, ou à ses occupants, peut-être les deux, et au manque de place sur ces sièges exigus.

Il fait nuit.
J'éprouve une impression bizarre : Nous avançons à grande vitesse et je ne sais absolument pas où nous sommes.

Décidément, elle aime bien lui caresser le front, la dame de devant.

Arrivée avec retard à la Station de changements.

Course effrénée, bousculade pour trouver le bon distributeur de passagers.
Tous courent, marchent très vite, le regard rivé sur les affichages.

Ils en oublient les autres, les bousculent, ne se retournent même pas, ...
Et moi aussi !

Si je m'étais croisée, j'aurais pesté contre cette personne mal élevée qui bouscule tout le monde avec sa valise pour pouvoir se frayer un chemin.

Enfin, le distributeur K.
C'est de l'autre côté de la Station.

Elle est immense, cette Station !
Je n'ai plus de souffle.
Ma valise pèse une tonne, les escalators ne vont pas assez vite ...
Je perds l'équilibre.

« NON !, je ne veux pas rester là, mon Nours m'attend. »

J'arrive sur le distributeur, cette Chenille aussi a du retard.

« OUF ! »

J'ai la gorge en feu, je tremble.

Ca y est ! Je m'installe dans l'anneau.

Impression étrange, la Chenille voisine semble se déplacer lentement, et l'ensemble de la Station avec elle, et en prenant de la vitesse, ...
Non, c'est notre Chenille qui démarre.

Je vais pouvoir me calmer.
Mon Nours est déjà dans l'Insecte à quatre pattes rondes sur les lignes noires de la nouvelle roche pour venir me rejoindre.

Mon écriture ressemble à des gribouillages.
La faute au stress.
Je tousse : « Fume plus, ma grande ! », me dis-je.

Ca y est !
Nous sommes partis.
Le corps se calme peu à peu.

J'ai tellement eu peur de ne pas pouvoir attraper cette foutue Chenille.

Je tousse encore, ma gorge brûle.

Dans un peu plus d'une heure, je te serrerai dans mes bras, que du bonheur.

Une jeune femme est à côté de moi, absorbée par son Smartphone et Facebook, urgences modernes qui ne peuvent attendre et prennent si souvent le pas sur le reste.

La plupart des voyageurs ont des sacs de sandwicheries diverses.
Pour moi, c'est mon Amour de Nours qui a préparé une poêlée de légumes de son jardin.

Je voyage en seconde classe, mais suis relativement bien installée dans l'anneau.

J'admire ces personnes qui sont capables d'écrire des messages sur leur portable avec les deux pouces, sans regarder l'écran, sans hésitation, et si vite !

Ah, j'oubliais : un monsieur très gentil m'a aidé à mettre ma valise en hauteur.
« Merci monsieur. »

Les gestes, les mots, les signes, amicaux, simples, gratuits et sans lendemain, sans contrepartie, naturels tout simplement, passent si souvent comme inaperçus, alors qu'on porte tant d'importances à ceux négatifs, agressifs, ...
Je pense qu'il faudrait changer cela, changer les références, ce qui fait qu'on parle de vous.

Vingt heure trente-deux.

Une voix feutrée, à l'accent des cigales, diffuse dans l'anneau : « Mesdames et Messieurs, nous vous informons que le bar est à votre disposition, anneau

14. Vous y trouverez des boissons chaudes et froides, des sandwichs, des plats chauds, des salades, ainsi que des pâtisseries et confiseries. Merci de votre attention. »

Dans une demi-heure, je serais dans les bras de mon Nours.

Mon corps s'est enfin calmé de la course que je lui ai infligée.

Dehors, la nuit noire est parsemée de lumières artificielles.

Il ne fait pas bien chaud dans cette Chenille.
Tout vibre.

Une dame essaye de manger une crêpe fourrée, chocolat ?, fraise ?
Elle est tellement bien empaquetée qu'elle mange le plastique avec !

Vingt heure quarante.

Contrôle des billets : no problem !

Ce weekend commencé sur les chapeaux de roues est spécial : je vais découvrir comment vit l'Ours des Cévennes.

On m'a dit que c'est une race emblématique du sud de l'Ardèche, en voie de disparition.

Je suis impatiente, un peu comme une aventurière, au détail prêt que cet Ours des Cévennes, il me plait de le rejoindre, de me cacher dans sa grotte à l'abri du reste du monde, blottie dans ses bras, ...
Promesse de moments merveilleux, rien qu'à Nous.

Tous ces gens que je vois, que j'ai vu, cherchent dans la technologie des sensations, des sentiments, des ressentis, pour agrémenter, pimenter, rendre leur vie moins monotone.

Ils me semblent faire fausse route.

C'est dans l'Humain, le relationnel Humain que se trouve l'essence de nos vies et de toutes ses merveilles.

Le stress, les émotions, tout ce que je viens de vivre depuis le départ de la Chenille et pour retrouver mon Nours, n'est en fait qu'une facette de mon immense bonheur.

« Les dernières effluves
De nos corps enlacés,
Notre dernier combat,
Ne peuvent me quitter.
.../...

Souffle tiède, pensées,
Attentions que tu as eues,
Habillent mes journées
D'un écrin de lotus. »

Vingt heures cinquante.

Yes, Yes, Yes !

A LA DECOUVERTE DE L'OURS DES CEVENNES
qui vit seul dans sa grotte
Partie 2

Vingt et une heure trois.

Arrivée de la Chenille aux lignes de fer à ma dernière Station.

Je n'y suis encore jamais venue.

Sortie de l'anneau, je suis le flot de voyageurs dans un univers inconnu.
Disons plutôt que le flot m'entraîne.
Nous descendons des escaliers, virage à droite, puis à gauche.
Encore des escaliers et de magnifiques voutes se découvrent.
Nous sommes sous les distributeurs de passagers, sous le passage des Chenilles.

L'immense hall d'accueil de la Station est allumé.
Des murs aux arcades sous lesquelles nous nous trouvons, tout est en pierres apparentes.
De magnifiques pierres savamment agencées.
Chacune a été pensée par l'artisan qui l'a installée, sa forme analysée, son positionnement essayé,

avant qu'elle trouve enfin sa place définitive et naturelle.

Je ne peux que penser aux soins qu'ont portés à leur travail les bâtisseurs ce lieu.

Je suis certaine que la vibration, l'esprit de ceux qui font s'imprègne durablement, bien au-delà d'eux, dans leurs réalisations.

Il me semble la ressentir, la percevoir, comme tant d'autres sans doute, qui n'y prêtent pas attention.

Je cherche du regard mon Nours, le but de mon aventure : l'Ours des Cévennes.

Pas de Nours à l'horizon ???

Petit SMS : « où es-tu ?

« Suis sur le quai »

« Je suis en bas »

« J'arrive »

Il arrive, mon Nours, mon Bonheur.

Cheveux détachés sur ses épaules, lunettes, discrètes, et ...nouvelles boucles d'oreilles. Jolies, je vais les lui emprunter.

Étreinte, baisers, sourires : je l'aime, il m'aime, nous nous aimons.

Ensemble, nous partons pour un voyage à travers le verbe, le temps, les émotions.

Il me transporte, Brassens, de son prénom Georges, nous accompagne dans l'Insecte à quatre pattes rondes.
Nous arrivons enfin à la caverne de l'Ours des Cévennes où il m'accueille dans son univers fait de poésie, de mots savamment agencés.
J'y prends goût.
Moments délicieux.

Il m'a déjà donné la clef, je la tourne dans la serrure, j'entre.

Quelques lumières sont allumées.
Ambiance feutrée où le blanc, le noir, le gris, le rouge et marron sont omniprésents.
Le jeu d'échec attend patiemment des joueurs qui se laisseraient prendre au jeu ...

La soirée nous appartient, notre vie aussi.

Non, ce n'est pas dans le grand mouvement, la fébrilité des contacts, le paraitre, la multiplicité des actions ou des supports que se trouve l'Essentiel, ce que nous sommes, et où nous nous épanouirons.

VIADUC DU DOULOVY

Fin de matinée.

Les Nours ont doucement commencé la journée dans la douceur de leur Tanière où Noursonne a récemment emménagé.

Il fait gris, le ciel est couvert.

Nours décide de faire découvrir les alentours de la Tanière à Noursonne.

Ils s'installent dans l'Insecte à quatre pattes rondes qui les attend devant l'entrée et traversent quelques hameaux du village pour se rendre en forêt.

Durant le voyage, relativement court, Noursonne remarque que l'endroit conserve des vestiges de sa richesse économique passée : une gare, des quais. Il y avait même un tramway !, Chenille d'un autre temps.

Traversée du dernier hameau.
Petit détour et arrêt pour découvrir le point de vue, superbe, sur la vallée, la forêt, les petits groupes de monticules semblant servir d'habitation, parsemés aux alentours, témoignages de pierres dispersés dans la nature.

Et puis, là, tout en bas, dans le creux entre deux collines, ils aperçoivent, ou plutôt distinguent, ce qui semble être une construction fort grande, elle aussi isolée.

« C'est le viaduc ! », dit Nours.

Ils reprennent l'Insecte à quatre pattes rondes, et la ligne sinueuse tracée par la nouvelle roche noire.

La nature, les bois, leur offrent un superbe trajet aux habits de l'automne.
Les feuillages verts presque sombres des arbres persistants contrastent avec la multitude de tons beiges clairs à roux foncés de ceux caducs.
Les premières feuilles ne sont pas encore tombées mais les couleurs annoncent la saison.

La ligne noire de la nouvelle roche s'interrompt et devient marron, l'Insecte avance maintenant sur un chemin de terre.
Ils sont secoués par l'irrégularité du support malmené par les intempéries.

Des pins partout. Ils sont entourés de pins.

Nours explique que c'est un envahisseur, mais surtout ici un vestige du passé, de quand les mines de charbon étaient exploitées.

Leur bois, résineux, résistait longtemps à l'humidité et autres dégradations naturelles, offrant une garantie pour l'étayage des galeries de mines, nombreuses par ici.
Le pin était alors cultivé dans ce but.

Puis l'exploitation des mines a cessée, les pins ont été laissés à l'abandon.

Il y avait aussi des châtaigniers, cultivés pour leur fruit. Culture, elle aussi peu à peu abandonnée, pour motif économique.
Outre la vivacité, la hauteur et la densité étouffantes du feuillage des pins, il y eu des incendies et seules les graines de pins résistent au passage du feu grâce à leur coque très dure.
Alors les pins sont revenus en premiers, ont poussé plus vite que tout autre, et ont peu à peu éliminé la concurrence.

Nous garons notre Insecte à quatre pattes rondes près du pont qui s'était, un peu plus avant, découvert.

Le viaduc n'est pas très large, haut, en pierres taillées magnifiquement agencées et en bon état.
Il n'y a plus de lignes de fer mais de l'herbe et de la terre, mouillées car il a plu.

Nous nous engageons, main dans la main.

Nous le traversons, seuls, regardant alentour le calme, la sérénité et l'unité du lieu.

Nous avons la sensation que notre histoire ressemble à ce pont : aucun obstacle.

Il relie les deux rives de la vallée au fond de laquelle coule une petite rivière.

Nous sommes réunis, d'une façon inexplicable, sans encombre, dans l'harmonie totale.

Ce pont est haut, solide, avec de belles pierres qui s'unissent pour former des arches impressionnantes, surtout vu depuis sa base.

Notre union lui ressemble.

Oh, le soleil apparait et le ciel bleu se découvre.

Notre amour a, lui aussi, déchiré, évacué la grisaille des jours et nous a réunis.

Impression que la nature partage notre bonheur.

Quel merveilleux moment.

DÉBUT DE L'AVENTURE

Le distributeur de passagers qu'Hélène arpente n'en finit pas, peut-être à cause de la fatigue, du poids de son sac à dos, ou encore de sa peine à quitter la Tanière pour nouveau séjour dans ce pays qui n'est plus le sien.

Elle cherche un anneau de première classe.
Elle a payé pour ce service, et trouverait alors idiot de voyager dans un de seconde.

Voici le dernier, et toujours pas de première.
« Tant pis », se dit-elle, « ce sera en seconde. »
Elle entre.
"C'est pas si mal", pense-t-elle, faisant encore quelques pas, « de toute façon, dans ce sens, ... »

Peu de monde dans cet anneau.
Normal, elle a dû remonter tout le distributeur pour l'atteindre.
Hélène lève les yeux et ... tiens, la première est devant elle, au bout de l'anneau.

Avant de rejoindre sa place, elle passe un long moment, pensive, dans l'entrée.

La Chenille aux lignes de fer circule, sans encombre, traversant une campagne tantôt sauvage, tantôt habitée.

Le voyage est tranquille.

Depuis sa fenêtre Hélène regarde les paysages évoluer.

Les grandes plaines agricoles au faible relief son dessinées par des parcelles de cultures diverses offrant tout autant de couleurs que de motifs.
Voici une habitation, puis d'autres, de plus en plus, et les lignes noires de la nouvelle roche se font elles aussi de plus en plus nombreuses.
Sur ces tracés, les Insectes à quatre pattes rondes se multiplient aussi.
La végétation se raréfie, la Chenille ralentit sa course.

Voici une colonie d'humains dans leurs amas de monticules semblant servir d'abris.

La Chenille aux lignes de fer la traverse sans s'arrêter et reprend de la vitesse.

Le film semble repasser en sens inverse, cette fois-ci de plus en plus vite.
Les structures artificielles disparaissent progressivement au profit des régions agricoles, qui disparaissent à leur tour en laissant place à une nature authentique.

Ça et là, on peut voir le scintillement de cours d'eau,

de ruisseaux, vers lesquels se dirigent des promeneurs hasardeux, comme attirés par le chant des sirènes d'Ulysse.

Hélène rejoint enfin son siège, côte à côte avec une jeune femme, la trentaine, black de chez black, souriante, magnifique.
Ses yeux luisants miroitent dans l'écrin d'ébène de sa peau lisse et fine.
Elles échangent un sourire comme nait une complicité furtive.

Les mots sont bien des fois inutiles et ne viennent alors que compliquer les échanges.

La nuit est vite tombée.
Le voyage se fait maintenant dans le noir extérieur complet.

Dans l'anneau règne un éclairage tamisé, très agréable.
La Chenille ralentit, sans s'arrêter.
Des lumières apparaissent et disparaissent à travers les vitres.
Hélène se demande quelle ville elle est en train de traverser.

Reprise de vitesse, quelques minutes s'écoulent, nouveau ralentissement et arrêt dans la nuit extérieure.

Il est vingt-deux heures.

Une voix diffuse : "Nous sommes arrêtés en rase campagne. Pour la sécurité de chacun, restez à votre place, ne tentez en aucun cas de sortir."

Que se passe-t-il ?

Elles ne le sauront sans doute jamais.

La chenille repart quinze minutes plus tard.

Hélène regarde sa montre : vingt-deux heure vingt-huit.

"Tiens", se dit-elle, "je suis bientôt arrivée"

Nouveau ralentissement, et arrêt.

Hélène se lève et sort en même temps qu'un autre voyageur.
Elle met son sac sur son dos.

Tout d'un coup, elle se fige : le bruit d'un ruisseau attire son attention.

"Mais, il n'y a pas de ruisseau à mon arrêt ! Où suis-je ?"

Elle cherche un indice, voit les inscriptions.

"Zut !, mauvaise Station !"

Le sifflet du départ retentit.

"Ah, non, je ne reste pas ici !"

Elle attrape au vol l'anneau devant elle, déjà en mouvement, le rouvre juste avant qu'il ne se referme et verrouille derrière elle.

Elle remonte les wagons, l'air de rien bien qu'au fond d'elle-même, elle éclate de rire.
Des rires nerveux, des rires de joie.

Elle se rassoit à sa place.
La jeune black la regarde, étonnée.
"Vous n'étiez pas descendue à cet arrêt ?"
"Si, et je suis remontée, ce n'était pas le bon"

Elles partagent un rire franc qui leur fait tant du bien.

Savoir ne pas hésiter, décider dans la simplicité, réagir et refuser les mauvaises stations sans délai, sans compromis, sont des clefs essentielles.

De la Chenille des jours débute l'aventure, l'odyssée de la vie.

DIMANCHE DE FÊTE

Habillé avec ce soin de conformité propre aux jours exceptionnels, chemisette blanche, bermuda bleu marine, chaussures noires vernies avec de petites socquettes blanches, Maman me demande gentiment de bien vouloir me peigner.

Mes cheveux bouclent et on a toujours l'impression que je suis décoiffé, mais aujourd'hui est un jour spécial, c'est l'une des trois fêtes annuelles où toute notre famille se réunie, à la ferme.
Il y aura mes grands-parents, mes parents, oncles, tantes, mes cousins et cousines.
Tout le monde aura passé ses habits du dimanche et les femmes seront toutes pomponnées et sentiront bon l'eau de lavande.

Je me presse dans la salle de bains, il ne faut pas que je sois en retard.

La ferme est une grande bastide perdue au milieu de ses immenses champs qui descendent jusqu'à la rivière, une ces fermes faites de pierres blondes, avec un toit couvert d'anciennes tuiles romanes, toutes inégales.

Au fait, savez-vous pourquoi elles sont toutes inégales ?

Cela date de l'époque où les tuiles n'étaient pas fabriquées mécaniquement, mais où la terre, avant d'être cuite, était moulée manuellement par des femmes sur leurs cuisses, donc autant de cuisses, autant de formats !

La pente des toits est faible.
Il ne pleut pas beaucoup dans notre pays, sauf en période de pluies cévenoles.

La bâtisse est tellement grande que celui que n'y habite pas se perd facilement dans les nombreux couloirs qui desservent toutes les pièces de cette demeure, sur deux niveaux.

Moi, je la connais par cœur, puisque j'y habite.

Maman me tire de mes pensées en me rappelant de me dépêcher.
Un dernier coup de brosse et je descends les marches du grand escalier en courant pour arriver sur le perron où, déjà, mon père et ma mère attendent afin d'accueillir les invités.

Je trépigne d'impatience à l'idée de revoir mon cousin Jean-Paul.
Nous avons six mois d'écart et nous nous entendons

à merveille, comme deux jumeaux. Toujours prêts à imaginer de nouvelles bêtises, ce qui nous est relativement aisé puisque les adultes seront occupés aujourd'hui.

Il y a aussi ma cousine Marguerite, ma cousine préférée, celle avec qui j'aimerais bien me marier.

Un premier Insecte à quatre pattes rondes emprunte l'allée bordée de cyprès en soulevant un peu de poussière.

L'Insecte se gare avec soin et mon oncle Jean-François en sort pour aider ma tante Blanche.
A l'arrière, de l'autre côté, après l'ouverture de la porte, j'aperçois d'abord une fine chaussure vernie, puis un début de jambe et enfin, ma Marguerite.

Elle est encore plus belle que dans mes souvenirs.

J'ai les yeux qui pétillent en la découvrant vêtue d'une petite robe fleurie. Ses longs cheveux blonds réunis en queue de cheval.

Nos regards se croisent. Elle me sourit. J'ai l'impression que mes pieds ne touchent plus terre et mon cœur se met à battre la chamade.
Maman me tapote l'épaule doucement : « Tu ne vas pas embrasser ta cousine ? »

Oh si, Maman, mais laisse moi profiter de cet instant de magie encore un peu, pensais-je.

Marguerite fait quelques pas en direction de mes parents. Mon oncle et ma tante les embrassent chaleureusement. Ma tante saisit mes joues à pleines mains et me secoue :
« Qu'il est beau notre Mathieu, qu'il a de bonnes joues ! », et m'embrasse affectueusement.
Je l'aime bien, mais trois bises auraient suffit !

Délivré de ses mains, je dévale les escaliers pour rejoindre Marguerite.

Arrivé à quelques mètres, je stoppe net mon élan. Ses yeux bleus grands ouverts et son sourire balaye toute mon assurance.
Je m'approche d'elle comme si j'étais dans un magasin de porcelaine et pose mes lèvres sur sa joue droite, puis sur l'autre et de nouveau sur la droite.
Sentir mes lèvres sur ses joues, sentir ce contact, éveille en moi bien des choses ...

Tout à coup, un nuage de poussière envahit l'allée de cyprès, accompagné du bruit assourdissant d'un bolide.

« Ah, ça c'est bien de ton frère » dit mon père à ma mère, avec un sourire forcé qui en dit long sur son ressenti.

Mon oncle Pierre-Marie, le plus jeune frère de ma mère, est marié à Marie-Claude et ils ont un fils, Jean-Frédéric.

Il est toujours venu dans de très belles voitures, bien à la mode et ma tante est toujours habillée avec de très beaux vêtements, parée de bijoux bien brillants et bien gros. Ils aiment à faire voir qu'ils ont de l'argent, que rien ne leur manque.
Je n'en éprouve aucune jalousie car notre famille est certes, aisée, mais Papa et Maman ne font pas cas de leur réussite, tout est resté simple dans notre vie de tous les jours.
Ils nous ont élevés, ma sœur et moi, dans l'esprit que rien n'est acquis par hasard, que seul le travail permet, et pas toujours, de réussir.

Mais le plus important, selon mon Papé, est « l'épanouissement personnel ».
Il a pour habitude de me dire : « Si tu es heureux de te lever pour aller travailler, si tu peux te regarder dans la glace sans avoir honte et si ta famille te respecte autant que tu la respectes, alors tu as réussi ta vie »

L'ensemble des convives est arrivé.

Mon Papé et ma Mamée nous invitent tous à nous installer autour de la grande table dressée sous les deux muriers.

En ce mois d'avril, le soleil, même s'il brille et nous inonde de sa chaleur, cette dernière nous est tout à fait supportable, et même très agréable.

Tout le monde attend, debout devant sa place, que mon Papé s'assoit.

Mon Papé est aimé, respecté et écouté par tous. Il est notre modèle, notre référence, le « Patriarche ».

Nous sommes installés autour de la grande table couverte d'une belle nappe blanche.

Mamée a sorti la vaisselle des grands jours.
Je vais encore galérer pour savoir quel couteau et quelle fourchette utiliser avec les différents plats.
Vivement que je sois assez grand pour avoir mon propre couteau, comme Papé !
A cet instant, Maman et Mamée apportent l'entrée : les œufs mimosa ! Humm ... J'adore.

Maman me jette un petit coup d'œil et nous nous sourions.
Elle sait combien j'aime les œufs mimosa.

Suivent des terrines de gibier chassé cet automne par Papé et Papa, des plats d'agneau et de poisson, accompagnés des légumes du jardin de Papé.
Les mets sont simples et très savoureux. Je me régale.

Entre chaque plat, les adultes discutent de sujets dont je ne saisi pas toujours le sens : droit à l'avortement, soulèvement des étudiants ...

Enfin, le moment tant attendu arrive : Papé donne aux enfants l'autorisation de quitter la table, le temps que Mamée, Maman et mes tantes finissent de débarrasser, faire la vaisselle.

Nous disposons d'une pose d'environ trente minutes avant qu'elles apportent le dessert.

Avec Jean-Paul, nous nous empressons de rejoindre notre donjon.

C'est une petite tour ronde édifiée sur un angle de la ferme. Nous montons les escaliers en colimaçon pour arriver dans l'unique pièce circulaire, qui nous sert de repère, baignée par la lumière de quatre fenêtres.

Nous sommes suivis par Marguerite, ma belle et douce Marguerite et, bien sûr, ce pot de colle de Jean-Frédéric.

Nous nous asseyons sur le sol et mettons très vite en place notre chasse aux trésors.

En effet, à chaque fête de famille nous nous sommes donné pour mission de trouver les desserts, et, bien sûr, les gouter avant tout le monde.

Détrompez-vous, ce n'est pas chose aisée, Mamée, Maman et les tantes trouvent toujours de nouvelles cachettes !

Cette année, nous optons pour la chambre froide de l'usine de Papé.

Nous n'avons pas le droit d'y aller, mais nous passerons outre. Ils ne peuvent être que là !
Jean-Frédéric se chargera de la surveillance pendant que Jean-Paul et Marguerite m'accompagneront à l'intérieur.
C'est risqué : si on se fait prendre, c'est la punition assurée !, peut-être même privés de dessert !

Jean-Frédéric fait le guet, en bougonnant, comme à son habitude.

Nous entrons dans la chambre froide et ... ils sont devant nous : quatre magnifiques gâteaux ornés de petits œufs et de poussins.
Vite ! Nos doigts servent de cuillères et nous entamons la séance gouttage, ou devrais-je dire, picorage.
Miam, c'est bon ! Meilleur que dans les assiettes !

Sifflet de Jean-Frédéric.
Nous prenons nos jambes à nos cous et sortons à

toute vitesse pour aller nous assoir près du ruisseau, faisant semblant de jouer gentiment.

Jean-Frédéric arrive bon dernier, essoufflé. Ça, c'est normal : à force de manger des bonbons et toutes les choses dont il se gave, il est tout rond !

Les adultes nous appellent pour le dessert.

Jean-Frédéric s'apprête à courir de nouveau et là, plaf !, il atterrit les fesses en premier, dans le petit ruisseau ! Il hurle ! Marguerite et Jean-Paul sont à mes côtés, nous continuons de détaler vers la ferme. « Pas de pitié pour les faibles » penseraient les chevaliers, et nous sommes des chevaliers !

Lorsque Jean-Frédéric fait son apparition, un bruit d'étonnement accompagné de désapprobation et de compassion se soulève.

Jean-Frédéric est boueux jusqu'aux oreilles !

Avec mes cousins, nous ne pouvons retenir un sourire. Maman me lance un regard qui m'arrête sur place !

Tante Marie-Claude entraine son fils dans la salle de bains pour décrassage et nous sommes, malgré tout, autorisés à nous réinstaller à la table.

Papé sourit : « Ils sont plein de vie mes petits-enfants ; comme je les aime. »

Une fois tous installés, y compris Jean-Frédéric affublé d'une de mes chemisettes, ben voyons, celle que je préfère, ma chemisette bleu-ciel !, les gâteaux font leur entrée sous les applaudissements nourris de tous les gourmands.
Maman mais aussi mes tantes, nous fusillent d'un regard désapprobateur.
Et oui, nous sommes encore passés par là et avons quelques peu « dégusté » …

Maman secoue la tête : « Décidément, ils sont forts ces aventuriers ! »

La journée se poursuit.

Les hommes jouent aux cartes dans le grand salon, cigares suisses fumants.
Les dames, après avoir desservi la table et fait la dernière vaisselle, se sont réunies sous le grand prunier pour parler de choses et d'autre.

Avec ma Marguerite et Jean-Frédéric, nous sommes allés dans le parc, sous le grand chêne.

Marguerite s'installe sur la balançoire et Jean-Frédéric la pousse.
« Quel crétin ! »

Elle est belle.

Elle m'inspire les petits poèmes que je lui déclame spontanément.
Je ne vois pas les heures passer, je suis bien.

Il est des moments, hors du temps, délicieux, ...

Les sentiments les plus doux, les plus nobles, échappent sans doute au carcan des nécessités quotidiennes qu'impose une vie dite adulte.

La simplicité naturelle est sans doute la principale clef du vrai bonheur.

Nos parents nous appellent.
Il faut se quitter.
Je suis triste, mais savoir que dans six mois, nous nous réunirons encore pour une nouvelle fête de famille, et que je reverrai alors ma Marguerite, m'enthousiasme déjà.

Quel beau dimanche !

ADRENALINE

Justaucorps manches longues, le "V" stylisé rose, chaussons de gym souples en cuir, y compris la semelle.

Les sensations de bas en haut nous donnent les appuis.
Nous avons passés le sol, la poutre et le cheval.
Dernier mouvement : les barres asymétriques.

C'est à moi !

Je balaye du regard, sans y penser, la salle et …

C'est la décharge !

Il est là, face à moi, tout au fond, fier et droit dans l'ouverture de la porte.

Il me fixe.

Il ne vient que rarement, et toujours par surprise, mais aujourd'hui, c'est le grand jour !

Je ne ressens pas de la peur, quoi que ça y ressemble.
Il s'agit de ce quelque chose qui fait que vous devez être meilleur, que vous ne pouvez être que meilleur.

Ça part du ventre et ça vous irradie.
Ça tient aussi de la confiance en soi.

J'ai les maniques aux mains, frottées avec la magnésie.

Salut aux juges.
Respiration profonde pour évacuer le stress et visualiser une dernière fois l'ensemble du mouvement.

Concentration de toute mon énergie, et, détente.

Elan, mes jambes s'écartent et je saisi la barre du bas, mes pieds passent entre mes bras pour que je me retrouve assise sur cette barre.
Appuis sur les mains et tour complet en avant sur la barre du bas, récupération de la barre du haut avec les mains.
Prise d'élan pour remonter en appui sur la barre du haut.
Grand élan avec demi-tour et frappe de la barre du bas à la pliure du haut des cuisses et du bassin pour arriver les pieds dessus.
Dernière prise d'élan et me voilà en appui écart.
Renversement final et sortie en salto arrière.
Arrivée maitrisée, sans déséquilibre.
Salut aux juges.
Sourire.

Asymétriques et pourtant, je n'ai jamais passé mon mouvement comme cela, aussi bien.

Asymétriques sont nos repères, nos âges, nos expériences et pourtant, tout se confond en ce que nous sommes.

Il fut quelque chose qui fit la différence, un instant dans ma vie, magique.

Performance inégalée, un instant dans ma vie, un instant pour toujours.

Il est de ces moments, aussi courts soient-ils, qui ne cessent jamais.

Il est des gens qu'on aperçoit, il est des gens que l'on croise, plus ou moins longtemps et qui nous accompagnent alors pour toujours.

Présence indispensable ?

Physique, non, mais la présence est là, quelque part, souvent inaperçue, inconsciente.

Nous en sommes la raison.

C'était mon père.

A TOI

Rayon de soleil et caractère fort, direct, qui ne mâche pas ses mots.

Tu ne pouvais jamais laisser indifférents autour de toi.

Quatorze ans, c'est bien tôt, bien trop tôt, contraire à l'ordre des choses, comme on dit.

Alors certains se réfugient dans les dictons usuels, les vérités prêtes à porter, les vérités admises, axiomes faciles, qui n'ont de vérité que le fait qu'on ne peut pas les contredire en l'absence de réponse, d'autre réponse.

« Les desseins du destin nous échappent ! »

Alors la pirouette satisfait nos besoins, ou, tout du moins, les apaise autant que faire ce peut.

Quatorze ans, un instant imprévisible, et plus rien.

Tout s'éteint pour ceux qui te cherchent, mais Tu ne réponds plus.

Le soleil a subitement disparu.

La voix au téléphone est déchirée de douleur en donnant la nouvelle.
Effondrement total, une vie laminée, tout espoir, tout projet se trouve anéanti, et les buts, objectifs, balayés.

Le vide s'ouvre pour tout engloutir.

Tout ne tient pour l'instant que sur le stress et les obligations, sur tout l'ultime, sur ce qui se fait loi.

Faire face, est tout ce que l'on peut faire.

Garder le meilleur, tout l' « avant », rien que cela, car ce qui fut vécu est ce qui restera.

Chacun est la raison de ceux qui sont passés et de ceux qui suivront.

Après quelques jours fébriles, écrasants, où la pensée se heurte à l'incompréhension, où les gestes et actions sont bien souvent codés, Tu as finalement pu rejoindre les tiens mercredi en fin d'après-midi.

Tes plus proches, ont pu te rendre visite, ont pu t'apercevoir.

Vendredi, après la mise en bière sans témoin, Tu entres dans la petite église de ta commune, suivi de tes plus proches, ton papa, ton frère, tes grands-parents, … et de tant d'autres.

Nous sommes écrasés par un soleil de plomb.

La façade est toute décorée, entièrement peinte de scènes de la vie de tous les jours.

De la nef au transept, tout est comble.

Tous ont répondu « Présent ! » pour t'accompagner dans ta dernière demeure et pour soutenir ta famille, ceux qui restent, et qui souffrent.

Les mots ne sont pas adaptés à mon ressenti, alors, très simplement : « Je suis très honorée de t'avoir connu. Merci pour tous les moments passés en ta compagnie. »

Pour les plus proches viennent alors les jours les plus difficiles.

L'absence envahit tout.

Mais le temps atténue, la paix peut, doit revenir, va revenir.

Le sens, ou plutôt l'objectif, tout du moins quelque chose de la sorte, nous reste inaccessible.

« Les desseins du destin nous échappent »

Qui sait ?

Peut-être l'à venir nous donnera les clefs, peut-être pas.

Saurons-nous voir ?

PARTI PLUS LOIN

Il y a quelques mois, j'ai eu le privilège de le rencontrer.

"j'ai 14 ans et je suis une crevette"

Petit bonhomme plein d'énergie, de vivacité, aux propos sans détour, insatiable dans ses réflexions.

Il semblait ne pas pouvoir s'arrêter de parler.
Ce soir là il a monopolisé la conversation en me faisant découvrir le fruit de ses multiples expériences, de ses blagues aussi.

Nous avons fait plus ample connaissance en parlant science-fiction comme une porte ouverte sur son imagination débordante et rationnelle, puis il m'a dévoilé une partie de sa collection d'accessoires.

J'ai été frappée par cet esprit si vif, si adulte parfois, aux accents d'adolescent.

Petit bonhomme plein d'amour envers son Papa, enfant à qui la mère, partie bien trop tôt, manquait tant.

Esprit très critique, il n'hésitait pas à le manifester.

Comme beaucoup d'ados, il adorait les jeux électroniques et pouvait s'isoler pour la journée.

Reste sa voix, son sourire dans ma mémoire, ses cheveux noirs et son regard pétillant.

Je ne l'ai rencontré que quelques fois, trop peu pour vraiment le connaitre ... mais il me manque.

La tristesse appartient à ceux qui restent, qui vont, qui doivent, devront faire face.

C'était hier soir, au téléphone, la voix déchirée de douleur :
« Il est arrivé quelques chose de terrible ! »
« Quoi ? »
" Il est décédé !, ..., du moins je crois"

Nous essayons de comprendre les paroles entrecoupées de sanglots, et décidons spontanément de le rejoindre.

Arrivés sur le parking, tout se ralentit, une immense pesanteur s'impose à nous, nos pas, nos gestes, nos pensées, puis nos paroles, ...

La maison est allumée et silencieuse.
Nous franchissons l'entrée.
Le silence est assourdissant.
Il est au téléphone.

Un des ses amis les plus proches est là, seul avec lui.

Il nous informe que le décès vient d'être confirmé, que durant son transport en hélicoptère, il a fait plusieurs arrêts cardiaques récupérés par les sauveteurs mais qu'il est parti à son arrivée à l'hôpital.

Le vide, l'incompréhension, le déni.
Ce n'est pas possible.
C'est irréel.

Il est parti plus loin, plus haut, ailleurs car son histoire près, avec nous a touché à sa fin.
Il a quitté notre monde terrestre, humain, pour aller bien au-delà, accomplir d'autres tâches.

Perdre un enfant est ce qui a de plus terrible pour des parents.
Ce n'est pas dans l'ordre des choses.
Il nous appartient de faire face à notre douleur égoïste et de se souvenir des moments heureux.

Il s'est libéré de l'attachement humain pour rejoindre, c'est ce que j'imagine, sa maman dans un

« au-delà » qui nous échappe.

Quelle douleur d'entendre ce papa au téléphone annoncer le décès de son fils à ses proches.

Il est fort … pour l'instant.

La nuit passée, nous le conduisons à l'hôpital qui a reçu son fils quelques heures auparavant.

Arrivée en début d'après-midi.

Réunion avec le docteur réanimateur et la psychologue.

Des détails sont donnés au père sur le déroulement des événements.
Il est calme, posé.
Son seul souhait est de voir, revoir son fils pour, peut-être, pouvoir admettre cette triste vérité.

Autorisation donnée, nous sortons du bâtiment, traversons une allée.
La chaleur est accablante.

Le monsieur de la chambre funéraire, ferme, mais très humain, nous explique qu'une autopsie a été demandée et que, par conséquent, il lui est impossible de nous montrer le corps, au risque de "détruire des preuves"

Nouvelle adversité, souffrance, torture pour ce père
...

L'intensité de nos blessures dépend de tant de choses que nous ne pouvons jamais accéder à toute l'ampleur de celles des autres, nous ne pouvons qu'essayer à leur procurer un peu de réconfort et de soutient en tentant d'être où il serait le mieux, tant des les faits que dans les mots, ces mots, si importants ...

De plus, nous précise ce monsieur, il y a un délai légal de 48 heures maximum après le décès pour transporter le corps en ambulance. Après ce délai, il sera transporté dans un cercueil scellé, scellé à tous jamais, invisible pour toujours, pour tous, ...

Encore une épreuve pour ce père détruit, mais si digne.

Et puis ... après avoir discuté avec cet homme, lui avoir expliqué la situation, l'impensable se produit : il prend de très gros risques et nous autorise, sous réserve de ne pas le toucher et de ne rien dire, à le voir.

Je ne les accompagne pas. J'ai l'impression de trahir leur intimité.

A leur sortie, l'homme leur demande s'ils l'ont embrassé.

« Non »

« Vous pouvez y aller ».

Non seulement ils l'ont vu, mais contre toute attente, ils ont pu l'embrasser.

Actions et attentions si importants lorsque ce sont les ultimes.

 L'humanité de cet homme pour qui l'Humain est au dessus du formalisme fut immense.

Merci Monsieur.

BOIS DE PAÏOLIVE

Départ pour un petit piquenique dans ce bois fantastique où les pierres sont vivantes, intemporelles, éternelles et si étranges.

Nous embarquons à bord de l'Insecte à quatre pattes rondes et sortons du hameau pour emprunter la grande ligne noire de la nouvelle roche.

Nous passons juste à proximité du village voisin aux magnifiques vestiges.
Tout est calme.

D'abord la végétation assez dense des arbres, pins, chênes, ..., puis, très vite, elle se raréfie, fait place à une couverture végétale plus petite, comme arrêtée dans sa croissance par le manque, les manques d'eau, de nourriture. Une forme de végétation rachitique qui a l'immense mérite de s'accrocher à la vie et à ce terrain si pauvre où la roche affleure le sol, où la roche est parfois le sol dans les minces fissures duquel ces végétaux plongent leurs racines à la recherche de quoi subsister.

Nous tournons quelques kilomètres plus loin, à droite, pour quitter la ligne principale au profit d'une bien plus modeste.

Encore quelques centaines de mètres et nous quittons l'Insecte en bordure du bois.

Quelques pas, peu assurés, sur un chemin de pierres, ou plutôt d'éclats de cette roche gris clair, le calcaire, dans un relief karstique, et c'est la découverte de « L'ours et le Lion ».

Ils semblent fossilisés et vivants à la fois.
Ils échangent une accolade infinie.

Une famille se prend en photo devant eux.
Nous attendons et faisons la même chose.
Clic, photos prises.
C'est un incontournable.

Ensuite, mon Nours à moi m'emmène un peu plus loin.

Petit sentier au milieu des genévriers et autres houx, contournant des rochers plus ou moins hauts, plus ou moins gros, dans un paysage aux formes surréalistes, aux superbes lapiazs où semble régner un apparent chaos minéral et végétal entremêlés aux formes tourmentées en véritable labyrinthe aux habitants surnaturels.

Oui, ce bois est habité, ..., par des sujets nous semblant immobiles, vivants, mais dans un autre temps.

Roche gris clair à blanc, de gigantesques blocs sont empilés comme d'immenses stûpas.

Qui a bien pu faire cela ?

Parfois nous croisons un abri où les maquisards trouvaient refuge.

Chaque lieu, chaque pierre, chaque abri a un nom.

Cet endroit est fréquenté par des humains depuis la nuit des temps, du moins plus de 50.000 ans comme en attestent les marques, les traces qu'ont laissé les néandertaliens d'abord, à l'époque glaciaire, il y a 52.000 ans, puis les Cro-Magnon et les Homo sapiens.

Sans doute oublié ensuite, nul ne sait ce qui y est alors advenu.

Peut-être est-ce à ce moment que tout c'est transformé, peut-être était-ce déjà.

Nous nous asseyons sur une pierre qui nous semble fort amicale, déballons et mangeons notre petit piquenique : restes de barbecue d'hier, chorizo, morceaux de poitrine, un peu de pain, un bout de Dent du Chat, un peu d'eau : un vrai régal.

Nos pas nous emmènent jusqu'à la corniche qui surplombe la gorge, étroite et vertigineuse, au fond de laquelle s'écoule un cours d'eau qui nous semble minuscule.

Je suis prise de vertige, paniquée, je serre Nours dans mes bras.
Il est mon socle, mon protecteur.
Je l'Aime tant.

Nous reprenons le sentier, ou du moins ce qui ressemble à un sentier, et découvrons un nouveau lapiaz.

Nous contemplons, main dans la main, cet espace qui comme tant d'autres lors de cette promenade, nous évoque à son tour un contexte que nous sommes peut-être seuls à voir : est-ce une banquise aux icebergs entremêlés ?

Nous décidons alors, nous aussi, de laisser notre marque en ce lieu et construisons le « Stüpa des Nours. »

Nous cheminons encore quelques temps en laissant libre cours à notre esprit.

Des scènes hors du temps nous semblent si réelles que nous en venons à douter.

Qu'est-ce-qui est vrai ?

Ce que nous ressentons, ce que nous voyons, ce qu'on nous dit, ou ce que notre esprit impose à notre pensée lorsque nous le lui permettons ?

Ma vérité n'est pas forcément la tienne, même si les livres semblent dire le contraire.

PAS D'AMI COMME TOI

La Chenille aux lignes de fer descend vers le sud.

Aujourd'hui, elle est pleine.

J'ai remonté le distributeur de passagers, cheminé dans les anneaux, et finalement trouvé une place, heureusement en première classe, correspondant à mon billet …

Il fait beau.
Il y a beaucoup de femmes, des retraitées.
Elles ont des valises et j'imagine qu'elles partent en villégiature au soleil.

Mon sac à dos est un peu lourd. Normal, je transporte des diots et chorizos frais pour la Tanière.
Charcuteries locales.
Promesse d'un bon barbecue !

Nous avons du retard.

En me levant pour prendre mon sac, mon regard croise celui d'un chanteur bien connu : « Déjeuner en paix. », « Pas d'ami comme toi. »
J'aime bien l'écouter et il se fait rare.
Dommage.

La voix diffuse annonce un retard pour la correspondance avec la Chenille du Sud.
Nous avons tous deux manifesté notre inquiétude d'un mouvement de tête partagé.

Le changement à la Station de correspondances fut rapide. Nous avions environ cinq minutes pour le faire et il y avait cohue. J'ai suivi une dame qui, avec sa valise, m'ouvrait le passage.

Installation sans encombre.

Je voyage maintenant à l'étage de la Chenille. Anneau 2 place 85, en sens arrière. Ce n'est pas grave, je ne le crains pas. Et là, ma place était réservée, alors pas de surprise.

Treize heure quarante-cinq.
Nous traversons la banlieue de cette grande ville.
Place forte de l'industrie chimique.
Le ciel est grisonnant des émanations des cheminées d'usines et de celles de la raffinerie toute proche.

Il y a, de ci de là, des jardins ouvriers.
Les légumes doivent se plaire dans cet environnement !, et leurs consommateurs doivent dire : « Je mange bio ! ».
La bonne blague.

Un peu de recul manque souvent aux plus simples déductions, entrainant souvent des méprises, des fois graves.

Une maman voyage avec ses deux enfants dont une petite fille, Clémentine, d'environ dix-huit mois.
Avant d'aller changer sa fille elle m'a demandé de veiller sur son petit garçon et son sac.

La Chenille est un monde à part. On y fait plus facilement confiance.

Ceci dit, le sac et le petit garçon ne risquent pas d'aller bien loin !

Lucie, descend plus au sud que moi, jusqu'au bord de la mer.
Elle y amène ses enfants pour les confier à ses parents.

Ce sont les vacances scolaires et les papis et mamies sont mis à contribution.

Il est dix-huit heure cinquante-huit et, à la sortie de la banlieue, nous prenons de la vitesse.

Il ne doit pas être simple de changer un petit bout dans les toilettes !

Le sifflement que nous percevons indique que nous accélérons encore.

Le paysage défile à grande vitesse et il n'est pas aisé d'écrire …, alors je m'imprègne des images, des sensations, alors que depuis que je l'ai aperçu je fredonne « Pas d'ami comme toi ».

Encore de nouveaux paysages traversés, de nouveaux tableaux, de nouvelles impressions, puis la Chenille perd progressivement de la vitesse pendant quelques minutes jusqu'à s'arrêter au bord d'un distributeur de passagers.

Elle ouvre grand ses portes et tous les arrivants s'agglutinent pour accéder aux escaliers de l' « EXIT ».

Dans le flot, je croise « Pas d'ami comme toi »

« Yes ! Nous avons réussi à l'attraper cette Chenille du Sud. »

« Passez un agréable week-end. »

Inaperçu dans la multitude, c'est à chacun de discerner, percevoir, voir et s'attacher à cet insignifiant, si important.

CONJUX - HAUTECOMBE

Alors que la Chenille aux lignes de fer atteint lentement le distributeur de passagers pour un arrêt tout en douceur, il regarde par la fenêtre, scrute la bordure du distributeur de passager qui défile devant lui, mais ne la voit pas.

Descente de l'anneau loin de l'accueil. Il était installé tout au bout de la Chenille.

Il l'aperçoit tout au bout du distributeur.
Quelques pas, un regard.
Ils marchent l'un vers l'autre, ouvrent leurs bras pour une longue étreinte, le soulagement de se retrouver.

Ils s'installent dans l'Insecte à quatre pattes rondes qui les attend derrière la Station.

Encore un baiser, et départ sur la ligne noire de la nouvelle roche.

« Surprise ! », lui dit-elle.

Il est étonné de la direction prise. C'est un itinéraire qu'il ne connait pas, mais se laisse porter par l'attention de Noursonne et ne dit mot, laissant la « surprise » aller à son terme, venir à lui.

Une dizaine de minutes plus tard, voici le bord du lac.

« Casse-croute dans un écrin de campagne, puis visite de son joyau architectural », lui annonce t'elle avec un sourire complice.

Il reconnaît la plage des photos reçues la veille lorsqu'elle piqueniquait avec sa nouvelle collègue pour faire connaissance dans un milieu et une ambiance différents.

L'endroit est magnifique et paisible.

C'est la première fois qu'il y vient et, d'abord du regard, découvre le lieu.

Les eaux calmes, apaisantes, scintillent de temps en temps sous les rayons du soleil inondant un ciel dont le bleu s'intensifie d'Est en Ouest.

La saison estivale est passé, l'automne se signalera bientôt, mais l'herbe est encore verte et drue, les feuillages denses.

A loin, du Nord au Sud, et au-delà du lac, le Grand Colombier surplombe tout le paysage, la plaine de Chautagne, le Mont Sapenay, le Mont Clergeon et enfin, au loin, Le Revard avec, en son extrémité Sud, tout en haut de l'imposante falaise, La Croix du Nivolet.

Le Revard le laisse songeur.

Il le regarde longuement alors qu'elle ne parle pas, respectant ce moment de recueillement dans ses souvenirs.

Elle sait bien à quoi il pense.

Il y a longtemps, bien longtemps, lorsqu'il était enfant, adolescent, chaque année, à la même époque, il logeait à l'autre bout du lac avec ses grands-parents, pendant trois semaines.

Ils suivaient une cure annuelle au complexe thermal.

Le weekend, ils montaient en haut du Revard pour pique-niquer sur une prairie parsemée de colchiques en fleurs.

Il doit se souvenir des anecdotes, des habitudes de chacun, des moments passés dans l'intime et douce complicité familiale.

« Sans doute à l'image de nos existences », se disent-ils.

Tous deux s'approchent d'une des tables en bois avec deux bancs, installées là pour les promeneurs.

Noursonne porte un sac en toile bien rebondi.

Une fois assis, elle puise dans le sac un confortable casse-croûte composé de spécialités régionales.

Eh oui, elle, elle est d'ici.

Avant d'entamer le repas, le regard de Nours est attiré par un petit bateau à moteur, blanc, qui se dirige vers le chenal d'accès au petit port de plaisance.
N'y sont à quai que des embarcations de plaisance modestes, mais au charme aussi sobre qu'indéfinissable, à l'image de ces choses semblant anodines qui ont tant d'importance pour certains.

Sur la pelouse, ou du moins, l'espace enherbé qui en tient lieu, plus près de la berge, une cycliste en bikini rose bronze à plat ventre.
Ils la supposent cycliste car, à proximité, deux vélos sont appuyés contre un arbre.
Pourquoi deux ?

Le petit bateau blanc blanc a coupé les gaz et progresse maintenant vers le port par sa seule inertie.

« Peut-être à l'image de nos existences. »

Tiens ! Le bikini rose se déplace en position verticale ..., et se dirige vers les vélos en enfilant un cuissard.

De l'autre côté de l'arbre, un homme approche et la rejoint.

La blanche embarcation a doucement remis les gaz pour accoster tout en douceur et les vélos emportent les cyclistes côte à côte vers un avenir qu'eux seuls envisagent.

« A l'image de nos existences ? »

Une fois tout remballé, ils remontent dans l'Insecte à quatre pattes rondes.

Noursonne emmène Nours à l'Abbaye d'Hautecombe pour une visite de cet ensemble de bâtiments de toute beauté.

Pas de chance !
Portes fermées, visite impossible pour une raison qu'ils ignorent.

Toujours est-il que l'arrivée est grandiose.

Le chemin descend à travers la forêt en laissant découvrir des toitures d'ardoise immenses dont la complexité n'a d'égal que la finesse.

Elles dominent des bâtiments immenses et somptueux aux lignes raffinées, dont les ouvertures arborent autant de bijoux que sont les ferronneries, gouttières ornées, portes et autres huisseries.

Ils font quelques pas, main dans la main, à la découverte des alentours et autres points de vue.

Descente sur un sentier entretenu, entre les annexes de l'édifice principal et les jardins très soignés qui bordent le bois.

Voici le rivage, et un ponton.

Nours se sent comme attiré et l'emprunte jusqu'à son extrémité.

La vue y est originale sur l'abbaye et sur le lac.

Comme un éperon, ancrée sur le rocher deux ou trois mètres au dessus de l'eau, de très hauts murs pointent leurs extrémités vers le ciel par les flèches d'ardoise noire qui reflètent les rayons du soleil.

Quelques photos.

Un vol de poules d'eau rase la surface.

Il y a un cygne.

Nours le connait, ou plutôt le reconnait.
Quand il était enfant, sur les berges aménagées, il aimait lui lancer des morceaux de pain pour le voir s'approcher et manifester sa reconnaissance pour le cadeau.

Voici la grange batelière.

On y entre en passant un portail aux grilles métalliques dont la courbe supérieure épouse parfaitement l'arc de l'ouverture.
L'eau les empêche d'approcher.
Ils distinguent à peine l'intérieur.
Le mystère s'invite.

Tous deux contournent alors ce hangar et atteignent l'entrée opposée, accessible car le plan incliné du sol permet de ce coté de mettre pied à terre, ou le contraire.

Une barque flotte au bout d'une corde.

Est-elle en attente de départ ?, Fraichement arrivée ?, Ou là, tout simplement ?, et depuis quand ?

« Quoi de nos existences ? »

Quelques pas sur les galets au-delà de la berge, dans les joncs et les roseaux habités de canards sauvages.

Encore quelques photos puis retour vers l'Insecte.

Passage chez l'Artiste qui s'ignore.
Il repart avec nous et nous arrivons tous les trois à la maison.

Soirée tranquille qui dure plus que de raisonnable, mais surtout aux échanges si riches.

Le temps n'est plus, n'est que ce que l'on vit.

Fi des convenances, des horaires, la journée s'est délicieusement écoulée.

« A l'image de nos existences »

EMPREINTES

Mercredi 24 mai.
Trente trois degrés.
Soleil et chaleur sont au rendez-vous.

Les Nours des Cévennes décident de visiter la reconstitution de la Grotte Chauvet, située à proximité de leur Tanière, histoire de prendre le frais, d'allier l'agréable à l'utile, et en apprendre un peu plus sur leur histoire.

L'Insecte à quatre pattes rondes qui avale goulument la nouvelle roche noire agrémentée de signes blancs.

Sur la route, les Nours déchiffrent sans difficulté les nombreux indices qui les emmènent à destination.

Entrée majestueuse qui donne sur un très grand espace où d'autres Insectes à quatre pattes rondes attendent patiemment leurs occupants.

Les Nours, docilement, obtiennent leur droit d'entrée, puis marchent le long d'un petit sentier ombragé.

Voici un escargot de pierre.

Ils suivent d'autres "ours" et, ensemble, empruntent une pente large, taillée dans une roche aux motifs géométriques qui suit la coquille de l'escargot et les ramène vers son centre.

Les Nours ont faim.

En attendant l'appel pour la visite, ils mangent un petit piquenique frugal fait de saucisson, fromage, pain et… fraises fraichement ramassées dans leur potager.
« Hummm »

Enfin, Les Nours rencontrent la guide qui leur explique le maniement du casque dont chacun est coiffé.

"A l'intérieur, après cette porte, nous allons découvrir la reconstitution à l'identique d'une partie de la grotte Chauvet. La température est de 33 degrés à l'intérieur. Il y a 40 000 ans, il faisait dans cette région - 40 degrés l'hiver et 5 degrés l'été. Laissez-vous guider et profitez de ce moment. Merci de ne rien toucher."

Nous entrons.

Dans la pénombre nous suivons le chemin sur pilotis balisé de petites lumières bleues.

Premier arrêt.

Nous sommes au centre d'une grande et haute caverne.

J'ai froid. Très froid.

Devant nous, des ours installés dans leurs bauges. Ils semblent dormir.
« Belle reconstitution ! On dirait des vrais !
...
Mais... leur fourrure se soulève. Ils respirent ! »

A cet instant, c'est moi qui ne respire plus !
Je suis pétrifiée et ... gelée !
Pour cause, je suis vêtue léger, short et débardeur.
Dehors il fait 33 degrés et là, il doit faire 5 degrés tout au plus !

Je cherche le regard de mon Nours à moi.
Il est calme et me sourit. Il n'a pas l'air d'avoir froid, lui.
"Tu imagines, les ours couchés là ?" me demande-t-il.
Ah ça, j'imagine bien ! Ils sont là, devant nous !

Mon Nours n'a pas l'air de les voir.
"Ils ont laissé leurs traces, les bauges" me précise-t-il

Ouais, pas uniquement leurs traces. Je les vois, moi et elles ronflent les bestioles !
Une famille complète avec les anciens, les jeunes et les bébés.

J'essaye de ne pas faire de bruit. Ma respiration est maîtrisées, silencieuse. Je marche sur la pointe des pieds.
Je ne tiens pas à leur servir de repas !

Un des oursons, plus téméraire, se dresse sur ses pates arrières, prend appui sur la roche et y fait ses griffes.

Ah, ce jeune a abîmé un très beau dessin gravé dans l'argile, et je suis sûre que dans 36000 ans, nous pourrons encore voir ses dégâts.

Je me calme car ils n'ont visiblement pas détecté ma présence.
Je continue à avancer avec le groupe d'ours visiteurs mais aussi avec la sensation d'être ailleurs dans le temps.

Je sens l'air et, je me répète, j'ai froid.
Je sens l'odeur des ours. Je les entends.
Respiration profonde pour ceux qui hivernent et les grommellements des oursons, toujours plus agités.

Tiens, ils ne doivent pas voir dans l'obscurité.

Je remarque qu'ils se déplacent en se frottant aux parois, ce qui, avec le temps, va les creuser et sans doute, les lisser.

Notre guide confirme mes pensées.

Nous avançons encore pour découvrir des têtes de lions.
Elles sont dessinées au charbon de bois.
Un homme vêtu de peau, balade sa torche de gauche à droite.
Les têtes s'animent ... c'est fantastique !
L'homme a l'air satisfait de son chef d'œuvre.

Il y a de quoi, tu viens d'inventer le premier dessin animé !

Je n'ai plus peur, je suis parmi eux et, j'en suis sûre maintenant, ils ne peuvent pas me voir.

Il y a une odeur de feu qui se mêle à l'odeur des ours.
L'homme a les mains noires de charbon de bois, et il s'applique.
S'il savait que dans 36000 ans, trois de ces héritiers vont redécouvrir et admirer ses dessins ...

Je poursuis la visite.

Mon Nours me sourit toujours, ignorant que seul

mon corps est avec lui, en 2017.

Mon esprit est ailleurs, auprès de nos ancêtres communs : les aurignaciens.

Ils sont élancés et, en fait, nous ressemblent beaucoup.

Un autre groupe est installé un peu plus loin.

Il s'agit de femmes assises en rond autour d'un petit rocher sur lequel a été installé un crane d'ours.

Elles préparent l'ocre en broyant la pierre jusqu'à obtenir une poudre.

L'une d'elles en met sur sa main et appuie très fortement sur la paroi.

L'empreinte de sa main apparaît.

Une autre se limite à sa paume et en remplit une partie bombée et ovale de la roche : une hyène apparaît, comme par magie.

J'ai remarqué qu'ils observent énormément les roches pour profiter de leurs reliefs afin de s'en servir de supports.

Cela devient, avec leur génie, des ventres de bisons, des dos de lions, des rhinocéros, mammouths et aurochs.

C'est prodigieux.

Je suis transportée à leur époque, je les vois, les entends et ils ne me voient pas.

Un jeune homme, un ado, apporte à un adulte, peut-être son père, une poignée de charbon de bois.

Il est pieds nus alors que les autres ont des espèces de chaussons en fourrure.

L'ado s'arrête un instant. Ses yeux sont fixes. Nos regards se croisent.
Je souris, il ne répond pas, ne bouge pas.

A cet instant, il frappe très fort le sol de son pied nu.
Une magnifique empreinte apparaît.
Il la fixe et replonge ses yeux dans les miens.

Je ne peux quitter cet endroit, quitter ce jeune homme sans lui indiquer que j'étais là, près de lui, que j'ai admiré leurs dessins laissés sur ces roches.

Comment faire ?

Le groupe de femmes qui pilent l'ocre et laissent des empreintes de mains sur la roche me donne une idée.

Je saisi une poignée de cette poudre rouge et la met dans ma bouche.
Je pose ma main sur un coin de roche vierge et à l'abri du regard du groupe, uniquement visible par l'ado.
Je souffle fortement. L'ocre se colle alors à la paroi

et, après avoir retiré ma main, seule son empreinte, tel un négatif photo, apparait.

L'ado a les yeux écarquillés.
Une main vient d'apparaitre sur la roche, juste devant ses yeux.
Il se détourne, m'effleure.

Regards intenses échangés entre deux être humains, de 36000 ans de différence et pourtant si proches à cet instant.

J'ai la bouche encore pleine de résidus de terre. Je crache dans un mouchoir. Personne ne doit savoir.

Là, mon Nours à moi me tapote légèrement le bras et me fait signer d'avancer.

Adieu mon jeune ami, je reviendrai.

Un autre groupe d'adultes finit un triptyque représentant des rhinocéros dessinés en perspective avec, au centre, un petit cheval plein de vie et, sur la droite, un groupe de félins tendus vers les bisons, prêts à attaquer.

C'est beau, vivant.

Encore un triptyque, qui représente des chevaux.
Les hommes ont raclé la roche et dessiné

successivement les rhinocéros, les aurochs et enfin les chevaux dont les lignes du dos suivent l'ondulation de la roche.

Là aussi, en balayant leurs torches, les animaux s'animent.

Je suis admirative, envoutée, gelée aussi. Ce sont des sandales que j'ai aux pieds, pas des bouts en fourrure !

Dans mon casque, la guide me ramène 36000 ans après.

"La visite se termine et vous pourrez me poser toutes vos questions à l'extérieur."

La porte s'ouvre, la pénombre s'estompe en avançant pour laisser la lumière du soleil nous frapper... et sa chaleur aussi !

Ah, la chaleur ! Que c'est bon.

Mon Nours me regarde avec étonnement lorsque je me précipite en plein soleil pour me réchauffer.
"Quelle idée, viens donc à l'ombre !"
Si tu savais, je viens de passer une heure à + 5 degrés !

Les questions m'assaillent.

La plus fréquente : pourquoi je me suis retrouvée 36000 ans plus tôt, projetée à cette époque ? Pourquoi moi ?
Je ne suis que la Noursonne des Cévennes.
... La Noursonne des Cévennes ... il doit y avoir un lien.

Et puis cet ado, celui qui m'a regardé et qui a laissé son empreinte sur le sol ..., je devais revenir le voir, je le lui avais promis.
Je suis revenue, j'ai retrouvé sa trace laissée pour moi et je l'ai revu.

Il y a aussi mon empreinte, empreinte négative comme les archéologues l'appellent, non datable car faite à l'ocre, hors du temps ...

LE CLAN DES NOURS

SANS QUEUE NI TÊTE

Tome 1   par NOURSONNE

FRESQUE DES TEMPS MODENES

Tome 1   par L'ÉCLAIREUR

Tome 2   par L'ÉCLAIREUR

Tome 3   par L'ÉCLAIREUR

Éditeur : BoD-Books on Demand, 12/14 rond
point des Champs Élysées, 75008 Paris, France
Impression : BoD-Books on Demand,
Norderstedt, Allemagne
ISBN : 978-2-322-099796-4
Dépôt légal : Novembre 2017